荀子卷第七

登仕郎守大理評事楊倞注

王霸篇第十一

國者天下之制利用也天下用之利者無過於國制衍字耳人主者天下之利勢也勢之最利者也得道以持之則大安也大榮也積美之原也不得道以持之則大危也大累也有之不如無之有國不如無國及其綦也索爲匹夫不可得也綦謂窮極之時齊湣宋獻是也湣與閔同齊閔王爲淖齒所殺宋獻宋君偃也爲齊閔王所滅呂氏春秋云宋康王此云獻國滅之後其臣子各私爲謚故與此不同故人主天下之利勢也然而不能自安也安之者必將道也必將以道守之故用國者義立而王信立而霸權謀立而亡三者明主之所謹擇也所宜謹慎擇之仁人之所務白也白明白也挈國以呼禮義而無以害之挈提舉也言提挈一國之人皆使呼召禮義言所務皆禮義也無以害之謂不以他事害禮義也行一不義殺一無罪而得天下仁者不爲也擽

然扶持心國且若是其固也（擽讀爲落石貌也其所持心持國不行不義不殺無罪落然如石之固也）所與爲之者之人則舉義士也（舉皆也所與爲政之人則皆用義士謂若伊呂之比者）所以爲布陳於國家刑法者則舉義法也（謂若周穆王訓夏贖刑之類也）主之所極然帥羣臣而首鄉之者則舉義志也（志意也主所極信率羣臣歸向之者則皆義之志謂不懷不義之意也一曰志記也舊典之有義者謂若六經也）如是則下仰上以義矣是綦定也（綦當爲基基本也言以義爲本仰魚亮反）綦定而國定國定而天下定仲尼無置錐之

地誠義乎志意加義乎身行（仲尼誠能義乎志意又加之以義乎身行言志意及立身立行皆以義行下孟反）箸之言語（以義箸於言語謂所論說皆明義也）濟之日不隱乎天下名垂乎後世（以義得濟之日成功之後也言仲尼行義既成之後不隱乎天下謂極昭明天下莫能隱匿之）今亦以天下之顯諸侯誠義乎志意加義乎法則度量箸之以政事案申重之以貴賤殺生使襲然終始猶一也（申亦重也既爲政皆以義又申重以賞罰使相掩襲無閒隙終始如一也）如是則夫名聲之部發於天地之閒也豈不如日

月雷霆然矣哉 部當爲剖謂開發也仲尼匹夫但箸空言猶得不隱乎天下今若以顯諸侯行義必如日月雷霆也 故曰以國齊義一日而白湯武是也 齊當爲濟以一國皆取濟於義一朝而名聲明白湯武是也 湯以亳武王以鄗皆百里之地也 亳湯國都鄗與鎬同武王所都京也詩曰考卜維王宅是鎬京維龜正之武王成之 天下爲一諸侯爲臣通達之屬莫不從服無它故焉以濟義矣是所謂義立而王也 非有它故但取濟於義也 德雖未至也義雖未濟也 霸者亦有德義但未能至極盡濟也 然而天下之理略奏矣 天下之謂條理者略有節奏也 刑賞已諾信乎天下矣 諾許也已不許也禮記曰與其有諾責寧有已怨信乎天下謂若齊桓不背柯盟之比也 臣下曉然皆知其可要也 要約也皆知其可與要約不欺也要一堯反 政令已陳雖覩利敗不欺其民 謂若伐原命三日之糧不降而退之比也 約結已定雖覩利敗不欺其與 與相親與之國謂若齊桓許赦魯衛不遂滅之爲已利之比也 如是則兵勁城固敵國畏之國一綦明與國信之 綦亦當爲基也 雖未在僻陋之國威動天下五伯是也 伯讀曰霸又如字爲諸侯之長曰伯春秋左氏傳曰策命晉侯爲伯也 非本政教也 雖有政教未盡脩其本也 非

致隆高也（致極也不如堯舜禹湯之極崇高也）非綦文理也（言其敎雜未極條貫）非服人之心也（未得天下歸心如文王此皆言雖未能備行王道以略信之故猶能致霸也）鄉方略（所向唯在方略不在用仁義也）審勞佚（審以佚待勞之術也）謹畜積（謹嚴畜積不妄秏費）脩戰備齺然上下相信而天下莫之敢當也（齺齒相迎也齺然上下相向之貌齺士角反）故齊桓晉文楚莊吳闔閭越句踐是皆僻陋之國也威動天下彊殆中國（其彊能危中國）無它故焉略信也是所謂信立而霸也（雖未能濟義略取信而行之故能致霸也）挈國以呼功利（此論權謀者也提挈一國之人以呼召功利言所務唯功利也功役使利貪求之也）不務張其義齊其信唯利之求（張開）內則不憚詐其民而求小利焉（謂若梁伯好土功詐其民曰寇將至之比）外則不憚詐其與而求大利焉（謂若楚靈王以義討陳蔡因遂滅之之比也）內不脩正其所以有然常欲人之有（有土地貨財也）如是則臣下百姓莫不以詐心待其上矣上詐其下下詐其上則是上下析也（離析）如是則敵國輕之（不得人心故輕之也）與國

疑之權謀日行而國不免危削綦之而亡 其極者則滅亡 齊閔薛公是也 薛公孟嘗君田文齊閔王之相也齊閔王爲五國所伐皆薛公使然故同言之也 故用彊齊非以脩禮義也非以本政教也非以一天下也綿綿常以結引馳外爲務 綿綿不絕貌引讀爲靷靷引軸之物結引謂繫於軸所以引車也齊閔薛公不脩德政但使說客引軸馳騖於他國以權詐爲務也 故彊南足以破楚 史記齊閔王二十三年與秦敗楚於重丘南割楚之淮北也 西足以詘秦北足以敗燕 史記閔王三十六年與韓魏共攻秦至函谷軍焉 中足以舉宋 閔王三十八年伐宋宋王死於溫舉謂舉其國而滅之

及以燕趙起而攻之若振槁然 閔王四十年燕秦楚三晉敗我於濟西振擊也槁枯葉也言當權謀彊盛之時雖破敵滅國及樂毅以諸國攻之若擊枯葉之易也 而身死國亡爲天下大戮 爲天下大戮辱也春秋傳曰古者明王伐不敬取其鯨鯢而封之以爲大戮也 後世言惡則必稽焉 後世稽考閔王爲龜鏡也 是無它故焉唯其不由禮義而由權謀也三者明主之所以謹擇也而仁人之所以務白也善擇者制人不善擇者人制之 善擇者用霸王不善擇者用權謀也 國者天下之大器也重任也不可不善爲

擇所而後錯之錯之險則危（所處也錯讀爲措）不可不善爲擇道然後道之涂薉則塞（不可不善爲擇道路而導達之薉與穢同塞謂行不通也）危塞則亡（所以爲之善擇）彼國錯者非封焉之謂也（非受之茅土然後爲安一曰脩封疆立城郭之謂也）何法之道誰子之與也（設問之辭既非封焉之謂問以何法導達之求誰人付與之誰子猶誰人也愼子曰弃道術舍度量以求一人之識識天下誰子之識能足焉也）故道王者之法與王者之人爲之則亦王道霸者之法與霸者之人爲之則亦霸道亡國之法與亡國之人爲之則亦亡（荅辭也道皆與導同）三者明主之所以謹擇也而仁人之所以務白也（荀子多重敘前語者丁寧之也）故國者重任也不以積持之則不立（不以積久之法持之則傾覆也）故國者世所以新者也是憚憚非變也（憚與坦同言國者但繼世之主自新耳此積久之法坦坦然無變也隨巢子曰有陰而遠者有坦明而功者杜伯射宣王於畝田是坦明而功者據古憚與坦通）改王改行也（自是改一王則改其所行之事非法變也或曰國語襄王謂晉文公曰先民有言曰改玉改行玉佩玉行步也）故一朝之日也一日之人也然而厭焉有千歲之固何也（設問之辭一朝之日謂

今日之事明朝不同言易變也一日之人謂今日之生未保明日言壽促也厭讀爲黶黶禮記曰見君子而後厭然掩其不善鄭注云閉藏貌言事之易變人之壽促如此何故有黶然深藏千歲不變改之法乎

曰援夫千歲之信法以持之也安與夫千歲之信士爲之也謂使百世不易可信之士爲政人無百歲之壽而有千歲之信士何也又問之曰以夫千歲之法自持者是乃千歲之信士矣以禮義自持者則是千歲之士不必壽千歲也能自持則能持固也故與積禮義之君子爲之則王與端誠信全之士爲之則霸與權謀傾覆之人爲之則亡三者明主之所以謹擇也而仁人之所以務白也善擇之者制人不善擇之者人制之彼持國者必不可以獨也君不可獨治也然則彊固榮辱在扵取相矣身能相能如是者王謂若湯伊尹文王太公也身不能知恐懼而求能者如是者彊若燕昭樂毅也身不能不知恐懼而求能者安唯便僻左右親比己者之用如是者危削謂若楚襄王左州侯右夏侯之比也綦之而亡宋獻之比國

者巨用之則大小用之則小巨者大之極也綦大而王綦小而亡小巨分流者存小巨各半如水之分流也巨用之者先義而後利安不卹親疏不卹貴賤唯誠能之求夫是之謂巨用之小用之者先利而後義安不卹是非不治曲直唯便辟親比己者之用夫是之謂小用之巨用之者若彼小用之者若此小巨分流者亦一若彼一若此也或誠能之求或親比己者之用故曰粹而王駁而霸無一焉而亡此之謂也粹全也若舜舉皐陶不仁者遠即巨用之綦大而王者也駁雜也若齊桓外任管仲內任豎貂即小巨分流者無一焉而亡無一賢人若厲王專任皇甫尹氏即綦小而亡者也

國無禮則不正禮之所以正國也譬之猶衡之於輕重也猶繩墨之於曲直也猶規矩之於方圓也禮能正國譬衡所以辨輕重繩墨所以辨曲直規矩所以定方圓也既錯之而人莫之能誣也錯置也禮記曰衡誠懸不可欺以輕重繩墨誠陳不可欺以曲直規矩誠設不可欺以方圓也詩曰如霜雪之將將如

日月之光明（逸詩）爲之則存不爲則亡此之謂也（爲爲禮也）國危則無樂君國安則無憂民亂則國危治則國安今君人者急逐樂而緩治國豈不過甚矣哉譬之是由好聲色而恬無耳目也豈不哀哉（恬安也安然無耳目雖好聲色將何用哉）夫人之情目欲綦色耳欲綦聲口欲綦味鼻欲綦臭心欲綦佚（臭氣也凡氣香亦謂之臭禮記曰佩容臭綦極也綦或爲甚傳寫誤耳佚安樂也）

此五綦者人情之所必不免也養五綦者有具（具謂廣大富厚治辨彊固之道也）無其具則五綦者不可得而致也萬乘之國可謂廣大富厚矣加有治辨彊固之道焉（有讀爲又辨分別事）若是則怡愉無患難矣然後養五綦之具具也故百樂者生於治國者也憂患者生於亂國者也急逐樂而緩治國者非知樂者也故明君者必將先治其國然後百樂得其中（得於治國）

（樂之中樂並音落）闇君者必將急逐樂而緩治國故憂患不可勝校也（計校）必至於身死國亡然後止也豈不哀哉將以爲樂乃得憂焉將以爲安乃得危焉將以爲福乃得死亡焉豈不哀哉於乎君人者亦可以察若言矣（於乎讀爲嗚呼若言如此之言謂以上之說）故治國有道人主有職（在知其道守其職也）若夫貫日而治詳一日而曲列之（貫日積日也積日而使條理詳備一日而委曲列之無差錯也）是所使夫百吏官人爲

也不足以是傷游玩安燕之樂（煩碎之事既使百吏官人爲之則不足以此害人君游燕之樂也）若夫論一相以兼率之使臣下百吏莫不宿道鄉方而務（論謂討論選擇之也率領也宿道止於道也向方不迷亂也臣下皆以宿道向方爲務不敢姦詐也）是夫人主之職也（論相乃是人主之職不在躬親小事也）若是則一天下名配堯禹人主者守至約而詳事至佚而功（事任）垂衣裳不下簟席之上而海內之人莫不願得以爲帝王夫是之謂至約樂莫大焉人

主者以官人爲能者也匹夫者以自能爲能者也人主得使人爲之匹夫則無所移之百畝一守事業窮無所移之也百畝一夫之守事業耕稼也耕稼窮於此無所移於人若人主必躬治小事則與匹夫何異也今以一人兼聽天下日有餘而治不足者使人爲之也今以一人兼聽天下之大自稱日有餘言兼聽之日有餘也而治不足謂所治之事少而不足言不足治也使人爲之故得如此尸子曰堯南撫交阯北懷幽都東西至日之所出入有餘日而不足於治者恕也韓子曰夫爲人主而身察百官則日不足力不給也故先王舍已能而因法數審賞罰故治不足而日有餘上之任勢使然也日而實反大有天下小

有一國天子諸侯必自爲之然後可則勞苦秏顇莫甚焉秏謂精神竭悴顦顇也如是則雖臧獲不肯與天子易埶業臧獲奴婢也方言云荆淮海岱之間罵奴曰臧罵婢曰獲燕齊亡奴謂之臧亡婢謂之獲或曰取貨謂之臧擒得謂之獲皆謂有罪爲奴婢者故周禮其奴婢男子入于罪隷女子入于舂藁勢業權埶事業也以是縣天下一四海何故必自爲之以是一人之寡懸天下之重一四海之大何故必自爲之言力不任之也爲之者役夫之道也墨子之說也墨子之說必自勞苦矣論德使能而官施之者聖王之道也儒之所謹守也官施謂建百官施布職事傳

曰農分田而耕賈分貨而販百工分事而勸士大夫分職而聽聽其政治建國諸侯之君分土而守三公總方而議總領也議其所統之政自陝以東周公主之自陝以西邵公主之一相處於內是總方而議之也則天子共己而已共讀爲恭或讀爲拱垂拱而已也出若入若天下莫不平均莫不治辨若如此也出若入若謂內外皆如此也謂如論德使能官施之事或曰若順也是百王之所同也而禮法之大分也禮法大分在任人各使當其職分也

百里之地可以取天下是不虛其難者在於人主之知之也所患人主不知小國可以取天下之道也取天下者非負其土地而從之之謂也非謂他國負荷其土地來而從我之謂也道足以壹人而已矣其道足以齊壹人故天下歸之也彼其人苟壹則其土地且奚去我而適它彼國之人苟一於我則其土地奚往哉故百里之地其等位爵服足以容天下之賢士矣此論百里國取天下之道賢士有道德者也其官職事業足以容天下之能士矣能士者才藝也循其舊法擇其善者而明用之足以順服好利之

人矣（擇舊法之善者而明用之謂擇務本厚生之法而用之則民衣食足而好利之人順服也）賢士一焉能士官焉好利之人服焉三者具而天下盡無有是其外矣（具謂俱爲用也）故百里之地足以竭埶矣（竭盡也有等位爵服官職事業是天下之人埶盡於此矣）致忠信箸仁義足以竭人矣（致極也箸明也言極忠信明仁義足以盡天下之人謂皆來歸也）兩者合而天下取諸侯後同者先危（兩者合謂能盡埶盡人也）詩曰自西自東自南自北無思不服一人之謂也（其道足以齊一人故四方皆歸之）

羿蠭門者善服射者也（蠭門即蠭蒙學射於羿羿蠭蒙善射故射者服之蠭音逢）王良造父者善服馭者也（王良趙簡子之御韓子曰字伯樂造父周穆王之御皆善御者馭與御同也）聰明君子者善服人者也人服而勢從之人不服而勢去之故王者巳於服人矣（王者之功盡此也）故人主欲得善射射遠中微則莫若羿蠭門矣（射及遠中細微之物）欲得善馭及速致遠則莫若使王良造父矣欲得調壹天下制秦楚則莫若聰明君子矣

荀卿在齊楚秦天下彊國故制之者也其用。知甚簡用智慮至少也其爲事不勞而功名致大甚易處而綦可樂也故明君以爲寶而愚者以爲難明君以任賢爲寶愚者以任賢爲難也夫貴爲天子富有天下名爲聖王兼制人人莫得而制也是人情之所同欲也而王者兼而有是者也重色而衣之重味而食之重財物而制之重多也直用反合天下而君之飲食甚厚聲樂甚大臺謝甚高謝與榭同園囿甚廣臣使諸侯一天下是又人情之所同欲也而天子之禮制如是者也禮之所與制如此其盛言盡人情之所欲也制度以陳政令以挾挾讀爲浹洽也官人失要則死公侯失禮則幽要政令之要約也禮記曰各揚其職百官廢職服大刑幽囚也春秋傳曰晉侯執衛侯歸之于京師寘諸深室也四方之國有侈離之德則必滅侈奢侈離乖離皆謂不遵法度名聲若日月功績如天地天下之人應之如影響是又人情之所同欲也而王者兼而有是者也故人之情口好味而臭味莫美焉耳好聲而聲樂莫大焉目好色而文章致繁婦女莫衆焉形體好佚而安重閒靜莫愉焉（閒隙也或讀爲閑愉樂也）心好利而穀祿莫厚焉合天下之所同願兼而有之睪牢天下而制之若制子孫（睪牢未詳睪或作皋言盡牢籠天下也新序作宰牢戰國策燕太子丹謂荆軻曰秦有貪功之心非盡天下之地牢海内之王其意不厭或曰睪讀如以薅荼蓼之薅牢與漢書丘嫂轑釜之轑義同皆修理幹運之意也）人苟不狂惑戇陋者其誰能睹是而不樂也哉欲

是之主並肩而存能建是之士不世絶千歲而不合何也曰人主不公人臣不忠也人主則外賢而偏舉人臣則爭職而妒賢是其所以不合之故也（外賢疏賢也偏舉偏黨而舉所愛也）人主胡不廣焉無卹親疏無偏貴賤唯誠能之求（廣焉開泰貌或曰讀爲曠誠能實能也）若是則人臣輕職業讓賢而安隨其後如是則禹舜還至王業還起（還復）功壹天下名配舜禹物由有可樂如

是其美焉者乎嗚呼君人者亦可以察若言矣（可以察如此之言也）揚朱哭衢涂曰此夫過舉蹞步而覺跌千里者夫哀哭之（揚朱戰國時人後於墨子與墨子弟子禽滑釐辨論其說在愛己不拔一毛以利天下與墨子相反衢涂歧路也秦俗以兩爲衢或曰四達謂之衢覺知也半步曰蹞跌差也言此歧路第過舉半步則知差而哭況跌千里者乎故甚哀而哭之易曰差以毫釐謬以千里也）此亦榮辱安危存亡之衢已此其爲可哀甚於衢涂（此謂求誠能之士也不求則滅亡故可哀甚於衢涂也）嗚呼哀哉君人者千歲而不覺也（嘆君人者千歲而不知求誠能之士）無國而不有治法無國而不有亂法無國而不有賢士無國而不有罷士（國語曰罷士無伍罷女無家韋昭曰病也無行而罷周禮以嘉石平罷民謂平之使善者也）無國而不有愿民無國而不有悍民無國而不有美俗無國而不有惡俗兩者並行而國在上偏而國安在下偏而國危（上偏偏行上事也謂治法多亂法少賢士多罷士少愿民多悍民少之類下偏反是）上一而王下一而亡（一謂令行也）故其法治其佐賢其民愿其俗美而四者齊夫是之謂上一如是

則不戰而勝，不攻而得，甲兵不勞而天下服。故湯以亳，武王以鄗，鄗與鎬同。皆百里之地也，天下爲一，諸侯爲臣，通達之屬莫不從服，無它故焉，四者齊也。齊謂無所闕也。桀紂即序於有天下之勢，索爲匹夫而不可得也，即序於有天下之埶，謂就王者之次序爲天子也。是無它故焉，四者並亡也。故百王之法不同若是，所歸者一也。上莫不致愛其下而制之以禮，上之於下如保赤子，政令制度所以接下之人百姓有不理者如豪末，則雖孤獨鰥寡必不加焉。不以豪末不理加於孤獨鰥寡也。四者人所輕賤，故聖王尤愛之。孝經曰：不敢侮於鰥寡，而況於士民乎。故下之親上歡如父母，可殺而不可使不順。君臣上下貴賤長幼至于庶人莫不以是爲隆正，是謂親上也，皆以親上爲隆正也。然後皆內自省以謹於分，愛敬其上，故不敢踰越也。是百王之所以同也，而禮法之樞要也。是百王之同用愛民之道而得民也。然後農分田而耕，賈分貨而販百工分事而勸士大夫分職而聽建國諸侯之君分土而守三公總方而議則天子共已而止矣出若入若天下莫不平均莫不治辨是百王之所同而禮法之大分也亦謂致愛其下故皆勸勉餘並已解上也若夫貫日而治平權物而稱用貫日積日也使條理平正權制物使稱於用稱尺證反使衣服有制宮室有度人徒有數喪祭械用皆有等宜以是用挾於萬物人徒謂胥徒給傜役者也械用器用也皆有等宜言等差皆得其宜也挾讀為浹尺寸尋丈莫得不循乎制度數量然後行則是官人使吏之事也不足數於大君子之前官人列官之人使吏所使役之吏數閱數也大君子謂人君也故君人者立隆政本朝而當隆政所隆之政也當丁浪反所使要百事者誠仁人也主百事之要約綱紀者謂相也則身佚而國治功大而名美上可以王下可以霸立隆政本朝而不當所使要百事者非仁人也則身勞而國亂功廢而名辱社稷必危是人

君者之樞機也樞機在得賢相人君當爲君人也故能當一人而天下取失當一人而社稷危不能當一人而能當千人百人者說無之有也說論之中無此事能當謂能用人之當也當皆丁浪反既能當一人則身有何勞而爲而爲皆語助也垂衣裳而天下定故湯用伊尹文王用呂尚武王用召公成王用周公旦卑者五伯卑言功業卑於王者伯讀爲霸齊桓公閨門之內懸樂奢泰游抗之脩懸簨簴也泰與汰同抗與玩同言齊桓唯此是脩也於天下不見謂脩天下不謂之脩飾也然九合諸

侯一匡天下爲五伯長是亦無它故焉知一政於管仲也是君人者之要守也要守在任賢也知者易爲之興力而功名綦大智者知任賢之君也舍是而孰足爲也舍是任賢之事何足爲之言其餘皆不足爲也故古之人有大功名者必道是者也道行也必行此任賢之事喪其國危其身者必反是者也故孔子曰知者之知固以多矣有以守少能無察乎上知音智

下如字有讀爲又下同守少謂任賢恭己而已也愚者之知固以少矣有以守多能無狂乎此之謂也守多謂自任主百事者也事煩則狂

治國者分已定則主相臣下百吏各謹其所聞不務聽其所不聞謹謂守行無越思各謹其所見不務視其所不見所聞所見誠以齊矣齊謂各當其事不侵越也則雖幽閒隱辟百姓莫敢不敬分安制以禮化其上是治國之徵也閒讀爲閑辟讀爲僻安制謂安於國之制度不敢踰分徵驗也治國之徵驗在分定

主道治近不治遠人主之道如此治明不治幽治一不治二主能治近則遠者理主能治明則幽者化主能當一則百事正夫兼聽天下日有餘而治不足者如此也是治之極也既能治近又務治遠既能治明又務見幽既能當一又務正百當丁浪反是過者也猶不及也辟之是猶立直木而求其影之枉也不能治近又務治遠不能察明又務見幽不能當一

又務正百是悖者也悖惑辟之是猶立枉木
而求其影之直也故明主好要而闇主好
詳任一相而委之是好要不委人而自治百事是好詳也主好要則百事
詳主好詳則百事荒力不及故荒也君者論一相
陳一法明一指以兼覆之兼炤之以觀其
盛者也論選擇也指指歸也一法一指皆謂紀綱也盛讀爲成觀其成功也相者論
列百官之長要百事之聽列置於列位也聽治也要取百事之治考
其得失也要一堯反以飾朝廷臣下百吏之分脩飾使各當分度

其功勞論其慶賞歲終奉其成功以效於
君當則可不當則廢效致也周禮大宰歲終則令百官府各正其治受其會聽
其政事而詔王廢置也故君人勞於索之而休於使之
索求也休息也
用國者得百姓之力者富得百姓之死者
彊得百姓之譽者榮三德者具而天下歸
之三德者亡而天下去之天下歸之之謂
王天下去之之謂亡湯武者循其道行其

義興天下同利除天下同害天下歸之故厚德音以先之明禮義以道之致忠信以愛之賞賢使能以次之賞讀爲尚爵服賞慶以申重之時其事經其任以調齊之潢然兼覆之養長之如保赤子潢與滉同大水貌也生民則致寬生民生活民謂衣食也使民則綦理辨政令制度所以接天下之人百姓有非理者如豪末則雖孤獨鰥寡必不加焉是故百姓貴之如

帝親之如父母爲之出死斷亡而不愉者無它故焉不愉不字剩耳道德誠明利澤誠厚也亂世不然汙漫突盜以先之突陵突觸盜竊也權謀傾覆以示之俳優侏儒婦女之請謁以悖之俳優倡優侏儒短人可戲弄者悖亂也使愚詔知使不肖臨賢生民則致貧隘使民則綦勞苦是故百姓賤之如偓惡之如鬼字書無偓字蓋當爲尫病人也禮記曰吾欲暴尫而奚若新序作賤之如虺豕日欲司閒而相與投藉之去逐

之司閒伺其閒隙投擿也藉踐也一作投錯之卒有寇難之事又望百姓之爲己死不可得也說無以取之焉論說之中無以此事爲得也卒千忽反孔子曰審吾所以適人適人之所以來我也此之謂也適人往與人也審慎其與人之道爲其復來報我也

傷國者何也曰以小人尚民而威尚上也使小人在上位而作威也以非所取於民而巧若丘甲田賦之類也是傷國之大災也大國之主也而好見小利是傷國其於聲色臺榭園囿也愈厭而好新是

傷國厭足也一占反不好循正其所以有啖啖常欲人之有是傷國啖啖幷吞之貌三邪者在匈中而又好以權謀傾覆之人斷事其外事任也謂斷決任事於外也若是則權輕名辱社稷必危是傷國者也大國之主也不隆本行不敬舊法而好詐故故事變也若是則夫朝廷羣臣亦從而成俗於不隆禮義而好傾覆也以不隆禮義爲成俗朝廷

羣臣之俗若是則夫衆庶百姓亦從而成
俗於不隆禮義而好貪利矣君臣上下之
俗莫不若是則地雖廣權必輕人雖衆兵
必弱刑罰雖繁令不下通夫是之謂危
國是傷國者也儒者爲之不然必將曲辨
辨理也委曲使歸於理也朝廷必將隆禮義而審貴賤若
是則士大夫莫不敬節死制者矣節忠義制職分
百官則將齊其制度重其官秩若是則百
吏莫不畏法而遵繩矣秩祿也其制馭百官必將齊一其制度使有守也厚
重其秩祿使不貪也關市幾而不征質律禁止而不偏
質律質劑也可以爲法故言質律也禁止而不偏謂禁止姦人不偏聽也周禮小宰聽賣買以質劑鄭司農云質劑平市
價今之月平是也鄭康成云兩書一札同而別之長曰質短曰劑皆今之券書也左氏傳曰趙盾爲政董逋逃由質要或
曰質正也如是則商賈莫不敦愨而無詐矣百工
將時斬伐佻其期日而利其巧任如是則
百工莫不忠信而不楛矣時斬伐即周禮仲冬斬陽木仲夏斬陰木
是也佻與傜同緩也謂不迫促也巧任巧者之任不迫促則百工自利矣楛謂器惡不牢固也晏子春秋曰景公之時晏

子請發粟公不許當爲路寢之臺令吏重其績遠其涂佻其日而不趨三年臺成而民振欲上悅乎君游民足乎食彼能亦與此同也縣鄙將輕田野之稅省刀布之斂罕舉力役無奪農時如是則農夫莫不朴力而寡能矣但質朴而力作不務他能也士大夫務節死制然而兵勁然而當爲然後百吏畏法循繩然後國常不亂商賈敦愨無詐則商旅安貨通財而國求給矣所求之物皆給足也百工忠信而不楛則器用巧便而財不匱矣農夫朴力而寡能則上不失天時下不失地利中得人和而百事不廢是之謂政令行風俗美以守則固以征則彊居則有名動則有功此儒之所謂曲辨也

荀子卷第七

荀子卷第八

登仕郎守大理評事楊　倞　注

君道篇第十二

有亂君無亂國有治人無治法羿之法非亡也而羿不世中禹之法猶存而夏不世王故法不能獨立類不能自行得其人則存失其人則亡法者治之端也君子者法之原也故有君子則法雖省足以徧矣無君子則法雖具失先後之施不能應事之變足以亂矣不知法之義而正法之數者雖博傳臨事必亂故明主急得其人而闇主急得其埶急得其人則身佚而國治功大而名美上可以王下可以霸不急得其人而急得其埶則身勞而國亂功廢而名辱社稷必危故君人者勞於索之而休於使之書曰唯文王敬忌一人以擇此之謂也

合符節別契券者所以爲信也上好權謀則臣下百吏誕詐之人乘是而後欺探籌投鉤者所以爲公也上好曲私則臣下百吏乘是而後偏衡石稱縣者所以爲平也上好傾覆則臣下百吏乘是而後險斗斛敦槩者所以爲嘖也上好貪利則臣下百吏乘是而後豐取刻與以無度取於民故械數者治之流也非治之原也君子者治

之原也官人守數君子養原原清則流清源濁則流濁故上好禮義尚賢使能無貪利之心則下亦將綦辭讓致忠信而謹於臣子矣如是則雖在小民不待合符節別契券而信不待探籌投鉤而公不待衡石稱縣而平不待斗斛敦槩而嘖故賞不用而民勸罰不用而民服有司不勞而事治政令不煩而俗美百姓莫敢不順上之法

象上之志而勸上之事而安樂之矣故藉
斂忘費事業忘勞寇難忘死城郭不待飾
而固兵刃不待陵而勁敵國不待服而詘
四海之民不待令而一夫是之謂至平詩
曰王猶允塞徐方既來此之謂也
請問爲人君曰以禮分施均徧而不偏請
問爲人臣曰以禮待君忠順而不懈請問
爲人父曰寬惠而有禮請問爲人子曰敬

愛而致文請問爲人兄曰慈愛而見友請
問爲人弟曰敬詘而不苟請問爲人夫曰
致功而不流致臨而有辨請問爲人妻曰
夫有禮則柔從聽待夫無禮則恐懼而自
竦也此道也偏立而亂俱立而治其足以
稽矣請問兼能之奈何曰審之禮也古者
先王審禮以方皇周浹於天下動無不當
也故君子恭而不難敬而不鞏貧窮而不

約富貴而不驕並遇變應而不窮審之禮也故君子之於禮敬而安之其於事也徑而不失其於人也寡怨寬裕而無阿其所爲身也謹脩飾而不危其應變故也齊給便捷而不惑其於天地萬物也不務說其所以然而致善用其材其於百官之事技藝之人也不與之爭能而致善用其功其待上也忠順而不懈其使下也均徧而不偏其交游也緣義而有類其居鄉里也容而不亂是故窮則必有名達則必有功仁厚兼覆天下而不閔明達用天地理萬變而不疑血氣和平志意廣大行義塞於天地之閒仁智之極也夫是之謂聖人審之禮也

請問爲國曰聞脩身未嘗聞爲國也君者儀也儀正而景正君者槃也民者水也槃

圜而水圜君者盂也盂方而水方君射則臣決楚莊王好細要故朝有餓人故曰聞脩身未嘗聞爲國也君者民之原也源清則流清源濁則流濁故有社稷者而不能愛民不能利民而求民之親愛己不可得也民之不親不愛而求其爲己用爲己死不可得也民不爲己用不爲己死而求兵之勁城之固不可得也兵不勁城不固而求敵之不至不可得也敵至而求無危削不滅亡不可得也危削滅亡之情舉積此矣而求安樂是狂生者也狂生者不胥時而樂故人主欲彊固安樂則莫若反之民欲附下一民則莫若反之政欲脩政美國則莫若求其人彼或蓄積而得之者不世絕彼其人者生乎今之世而志乎古之道以天下之王公莫好之也然而于是獨好

之以天下之民莫欲之也然而于是獨爲
之好之者貧爲之者窮然而于是獨猶將
爲之也不爲少頃輟焉曉然獨明於先王
之所以得之所以失之知國之安危臧否
若別白黑是其人者也大用之則天下爲
一諸侯爲臣小用之則威行鄰敵縱不能
用使無去其疆域則國終身無故故君人
者愛民而安好士而榮兩者無一焉而亡

詩曰价人維藩太師維垣此之謂也
道者何也曰君道也君者何也曰能羣也
能羣也者何也曰善生養人者也善班治
人者也善顯設人者也善藩飾人者也善
生養人者人親之善班治人者人安之善
顯設人者人樂之善藩飾人者人榮之四
統者俱而天下歸之夫是之謂能羣不能
生養人者人不親也不能班治人者人不

安也不能顯設人者人不樂也不能藩飾
人者人不榮也四統者亡而天下去之夫
是之謂匹夫故曰道存則國存道亡則國
亡省工賈衆農夫禁盜賊除姦邪是所以
生養之也天子三公諸侯一相大夫擅官
士保職莫不法度而公是所以班治之也
論德而定次量能而授官皆使其人載其
事而各得其所宜上賢使之爲三公次賢
使之爲諸侯下賢使之爲士大夫是所以
顯設之也脩冠弁衣裳黼黻文章琱琢刻
鏤皆有等差是所以藩飾之也故由天子
至於庶人也莫不騁其能得其志安樂其
事是所同也衣煖而食充居安而游樂事
時制明而用足是又所同也若夫重色而
成文章重味而成珍備是所衍也聖王財
衍以明辨異上以飾賢良而明貴賤下以

飾長幼而明親疏上在王公之朝下在百
姓之家天下曉然皆知其所非以爲異也
將以明分達治而保萬世也故天子諸侯
無靡費之用士大夫無流淫之行百吏官
人無怠慢之事衆庶百姓無姦怪之俗無
盜賊之罪其能以稱義徧矣故曰治則衍
及百姓亂則不足及王公此之謂也
至道大形隆禮至法則國有常尚賢使能

則民知方纂論公察則民不疑賞克罰偷
則民不怠兼聽齊明則天下歸之然後明
分職序事業材技官能莫不治理則公道
達而私門塞矣公義明而私事息矣如是
則德厚者進而佞說者止貪利者退而廉
節者起書曰先時者殺無赦不逮時者殺
無赦人習其事而固人之百事如耳目鼻
口之不可以相借官也故職分而民不探

次定而序不亂兼聽齊明而百事不留如是則臣下百吏至于庶人莫不脩己而後敢安正誠能而後敢受職百姓易俗小人變心姦怪之屬莫不反慤夫是之謂政教之極故天子不視而見不聽而聰不慮而知不動而功塊然獨坐而天下從之如一體如四支之從心夫是之謂大形詩曰溫溫恭人維德之基此之謂也

爲人主者莫不欲彊而惡弱欲安而惡危欲榮而惡辱是禹桀之所同也要此三欲辟此三惡果何道而便曰在愼取相道莫徑是矣故知而不仁不可仁而不知不可既知且仁是人主之寶也而王霸之佐也不急得不智得而不用不仁無其人而幸有其功愚莫大焉今人主有六患使賢者爲之則與不肖者規之使智者慮之則與

愚者論之使脩士行之則與汙邪之人疑
之雖欲成功得乎哉譬之是猶立直木而
恐其景之枉也惑莫大焉語曰好女之色
惡者之孽也公正之士衆人之痤也循乎
道之人汙邪之賊也今使汙邪之人論其
怨賊而求其無偏得乎哉譬之是猶立枉
木而求其景之直也亂莫大焉故古之人
爲之不然其取人有道其用人有法取人

之道參之以禮用人之法禁之以等行義
動靜度之以禮知慮取舍稽之以成日月
積久校之以功故卑不得以臨尊輕不得
以縣重愚不得以謀知是以萬舉不過也
故校之以禮而觀其能安敬也與之舉錯
遷移而觀其能應變也與之安燕而觀其
能無流慆也接之以聲色權利忿怒患險
而觀其能無離守也彼誠有之者與誠無

之者若白黑然可詘邪哉故伯樂不可欺以馬而君子不可欺以人此明王之道也人主欲得善射遠中微者縣貴爵重賞以招致之內不可以阿子弟外不可以隱遠人能中是者取之是豈不必得之之道也哉雖聖人不能易也欲得善馭速致遠者一日而千里縣貴爵重賞以招致之內不可以阿子弟外不可以隱遠人能致是者

取之是豈不必得之之道也哉雖聖人不能易也欲治國馭民調一上下將內以固城外以拒難治則制人人不能制也亂則危辱滅亡可立而待也然而求卿相輔佐則獨不若是其公也案唯便嬖親比己者之用也豈不過甚矣哉故有社稷者莫不欲彊俄則弱矣莫不欲安俄則危矣莫不欲存俄則亡矣古有萬國今有數千焉是

無它故莫不失之是也故明主有私人以
金石珠玉無私人以官職事業是何也曰
本不利於所私也彼不能而主使之則是
主闇也臣不能而誣能則是臣詐也主闇
於上臣詐於下滅亡無日俱害之道也夫
文王非無貴戚也非無子弟也非無便嬖
也倜然乃舉太公於州人而用之豈私之
也哉以爲親邪則周姬姓也而彼姜姓也
以爲故邪則未嘗相識也以爲好麗邪則
夫人行年七十有二齫然兩齒墮矣然而
用之者夫文王欲立貴道欲白貴名以惠
天下而不可以獨也非于是莫足以舉之
故舉于是而用之於是乎貴道果立貴名
果明兼制天下立七十一國姬姓獨居五
十三人周之子孫苟不狂惑者莫不爲天
下之顯諸侯如是者能愛人也故舉天下

之大道立天下之大功然後隱其所憐所愛其下猶足以爲天下之顯諸侯故曰唯明主爲能愛其所愛闇主則必危其所愛此之謂也

牆之外目不見也里之前耳不聞也而人主之守司遠者天下近者境內不可不略知也天下之變境內之事有弛易齵差者矣而人主無由知之則是拘脅蔽塞之端也耳目之明如是其狹也人主之守司如是其廣也其中不可以不知也如是其危也然則人主將何以知之曰便嬖左右者人主之所以窺遠收衆之門戶牖嚮也不可不早具也故人主必將有便嬖左右足信者然後可其知慧足使規物其端誠足使定物然後可夫是之謂國具人主不能不有游觀安燕之時則不得不有疾病物故之

變焉如是國者事物之至也如泉原一物
不應亂之端也故曰人主不可以獨也卿
相輔佐人主之基杖也不可不早具也人
主必將有卿相輔佐足任者然後可其德
音足以塡撫百姓其知慮足以應待萬變
然後可夫是之謂國具四鄰諸侯之相與
不可以不相接也然而不必相親也故人
主必將有足使喻志決疑於遠方者然後

可其辨說足以解煩其智慮足以決疑其
齊斷足以拒難不還秩不反君然而應薄
扞患足以持社稷然後可夫是之謂國具
故人主無便嬖左右足信者之謂闇無卿
相輔佐足任者之謂獨所使於四鄰諸侯
者非人之謂孤孤獨而晻謂之危國雖若
存古之人曰亡矣詩曰濟濟多士文王以
寧此之謂也

材人愿愨拘録計數纖嗇而無敢遺喪是官人使吏之材也脩飭端正尊法敬分而無傾側之心守職循業不敢損益可傳世也而不可使侵奪是士大夫官師之材也知隆禮義之爲尊君也知好士之爲美名也知愛民之爲安國也知有常法之爲一俗也知尚賢使能之爲長功也知務本禁末之爲多材也知無與下爭小利之爲便於事也知明制度權物稱用之爲不泥也是卿相輔佐之材也未及君道也能論官此三材者而無失其次是謂人主之道也若是則身佚而國治功大而名美上可以王下可以霸是人主之要守也人主不能論此三材者不知道此道安值將卑埶出勞併耳目之樂而親自貫日而治詳一內而曲辨之慮與臣下爭小察而綦偏能自

古及今未有如此而不亂者也是所謂視乎不可見聽乎不可聞爲乎不可成此之謂也

荀子卷第八

荀子卷第九

登仕郎守大理評事楊

臣道篇第十三

人臣之論（論人臣之善惡）有態臣者有篡臣者有功臣者有聖臣者（並解在下）內不足使一民外不足使距難百姓不親諸侯不信然而巧敏佞說（說音悅或作侻）善取寵乎上是態臣者也（以佞媚爲容態）上不忠乎君下善取譽乎民不卹公道通義朋黨比周以環主圖私爲務是篡臣者也（環主環繞其主不使賢者得用圖謀也篡臣者篡奪君政也）內足使以一民外足使以距難民親之士信之上忠乎君下愛百姓而不倦是功臣者也（民親士信然後立功也）上則能尊君下則能愛民政令教化刑下如景（刑制也言施政令教化以制其下如影之隨形動而輒隨不使違越也）應卒遇變齊給如響（齊疾也給供給也應事而至謂之給夫卒變人所遲疑今聖臣應之疾速如響之應聲卒蒼忽反）推類接譽以待無方曲成制象是聖

臣者也此明應卒遇變之意無方無常也推其比類接其聲譽言見其本而知其末也待之無常謂不滯於
一隅也委曲皆成制度法象言物至而應無非曲法不苟而行之也聖者無所不通之謂也故用聖臣
者王用功臣者彊用簒臣者危用態臣者
亡態臣用則必死簒臣用則必危此言態臣甚於簒臣
者蓋當時之多用佞媚變詐之人深欲戒之故極言也功臣用則必榮聖臣
用則必尊故齊之蘇秦蘇秦初相趙後仕燕終死於齊故曰齊之蘇秦
楚之州侯楚襄王佞臣也戰國策莊辛諫襄王曰君王左州侯右夏侯輦從鄢陵君與壽陵君載方府之
金與之馳騁乎雲夢之中不知穰侯方受令乎秦王塡黽塞之內而投己乎黽塞之外韓子曰州侯相荊貴而荊王疑之因問

左右對曰無有如出一口也秦之張儀可謂態臣者也皆變態佞媚之
臣儀或作祿韓之張去疾蓋張良之祖漢書良其先韓人大父開地相韓昭侯宣惠王父平相
釐王悼惠王五世事韓戰國策韓有張翠納賂於宣太后趙之奉陽後語蘇秦說趙肅侯肅侯之弟
奉陽君爲相不悅蘇秦蘇秦乃去之又戰國策蘇秦說趙王曰天下之卿相人君及至布衣之士莫不高大王之行義皆願奉
教陳忠於前之日久矣雖然奉陽君妒大王不得任事是以外賓客游談之士無敢盡忠於前盧藏用云奉陽君名成又
按後語奉陽君卒蘇秦乃從燕而來說肅侯合從之事而公子成武靈王時猶不肯胡服即公子成非奉陽君也齊
之孟嘗可謂簒臣也史記曰齊閔王既滅宋益驕欲盡滅孟嘗孟嘗君恐乃如
魏魏昭王以爲相西合於秦趙與燕共伐破齊後齊襄王立孟嘗中立爲諸侯無所屬襄王新立畏孟嘗而與連和是簒臣也

齊之管仲晉之咎犯咎與舅同晉文公之舅狐偃咎犯其字也楚之孫叔敖可謂功臣矣殷之伊尹周之太公可謂聖臣矣是人臣之論也吉凶賢不肖之極也國之吉凶人君賢不肖極於論臣也必謹志之而慎自爲擇取焉足以稽矣志記也言必謹記此四臣之安危而慎自擇取則足以稽考用臣也

從命而利君謂之順從命而不利君謂之諂逆命而利君謂之忠逆命而不利君謂之簒不卹君之榮辱不卹國之臧否偷合苟容以持禄養交而已耳謂之國賊養交謂養其與君交接之不忤犯使怒也一曰養其外交若蘇秦張儀孟嘗君所至爲相也君有過謀過事將危國家殞社稷之懼也大臣父子兄弟有能進言於君用則可不用則去謂之諫有能進言於君用則可不用則死謂之爭有能比知同力比合也知讀爲智率羣臣百吏而相與彊君橋君彊其丈反橋與矯同屈也君雖不安不能不聽遂以解國之大患除國之大害成

於尊君安國謂之輔事見平原君傳有能抗君之命竊君之重反君之事以安國之危除君之辱功伐足以成國之大利謂之拂抗亦也戰功曰伐左傳郄至驟柏其伐拂讀爲弼弼所以輔正弓弩者也或讀爲佛違君之意也謂若信陵君違魏王之命竊其兵符殺晉鄙反軍不救趙之事遂破秦而有趙夫輔車相依今趙存則魏安故曰安國之危除君之辱也故諫爭輔拂之人社稷之臣也國君之寶也明君所尊厚也而闇主惑君以爲已賊也故明君之所賞闇君之所

罰闇君之所賞明君之所殺伊尹箕子可諫矣伊尹諫太甲箕子諫紂比干子胥可謂爭矣平原君之於趙可謂輔矣信陵君之於魏可謂拂矣傳曰從道不從君此之謂也故正義之臣設則朝廷不頗杭亦置於列位頗邪也諫爭輔拂之人信則君過不遠信謂見信於君或曰信讀爲伸謂道行也爪牙之士施則仇讎不作爪牙之士勇力之臣也施謂展其材也邊境之臣處則彊垂不喪垂與陲同故明主好同而闇

主好獨獨謂自任其智明主尚賢使能而饗其盛盛謂大業言饗其臣之功業也闇主妬賢畏能而滅其功滅掩沒也罰其忠賞其賊夫是之謂至闇桀紂所以滅也

事聖君者有聽從無諫爭聖君無失事中君者有諫爭無諂諛中君可上可下若齊桓公者也諂諛則遂成闇君也事暴君者有補削無撟拂補謂彌縫其闕削謂除去其惡言不敢顯諫闇匡救之也撟謂屈其性也拂違也撟拂則身見害使君有殺賢之名故不爲也拂音佛

迫脅於亂時窮居於暴國而無所避之則崇其美揚其善違其惡隱其敗言其所長不稱其所短以爲成俗謂危行言遜以避害也以爲成俗言如此而不變若舊俗然也詩曰國有大命不可以告人防其躬身此之謂也逸詩

恭敬而遜聽從而敏不敢有以私決擇也敏謂承命而速行不敢更私自決斷選擇也不敢有以私取與也以順上爲志是事聖君之義也但稟命而已忠信而

不訣諫諍而不諂橋然剛折端志而無傾側之心橋彊貌禮記曰和而不流彊哉矯剛折剛直面折也端志不邪曲也是案曰是非案曰非是事中君之義也調而不流柔而不屈寬容而不亂雖調和而不至流湎雖柔從而不屈曲雖寬容而不與爲亂也曉然以至道而無不調和也曉然明喻之貌至道無爲不爭之道以至道則暴君不能加怒無不調和言皆不違拂也而能化易時關內之是事暴君之義也關當爲開傳寫誤耳內與納同言既以沖和事之則能化易其暴戾之性時以善道開納之也或曰以道關通於君之心中也若駁其樸馬樸馬未調習之馬不可遽牽制必縱緩之事暴君之難故重明之也若養赤子赤子嬰兒也未有所知必在順適其性不驚懼也若食餧人使飢渴於至道如餧人之欲食一曰餧人併與之食則必死今以善道節量與之不使狂惑也莊子曰人惑則死故因其懼也而改其過懼則思德故因使其改過因其憂也而辨其故辨其致憂之端則遷善也因其喜也而入其道欣喜之時多所聽納故因以道入之因其怒也而除其怨怨惡之人因君怒除去之也曲得所謂焉雖憂懼喜怒之殊委曲皆得所謂所謂即化易君性也書曰從命而不拂微諫而不倦爲上則明爲下則遜此之謂也書伊訓也

事人而不順者不疾者也（不順上意也疾速也不疾言怠慢也）疾而不順者不敬者也敬而不順者不忠者也忠而不順者無功者也有功而不順者無德者也故無德之爲道也傷疾墮功滅苦故君子不爲也（傷疾墮功滅苦未詳或恐錯誤耳爲或爲違）有大忠者有次忠者有下忠者有國賊者以德復君而化之大忠也（復報也以德行之事報白於君使自化於善周禮宰夫掌諸臣之復萬民之逆也）以德調君而補之次忠也（謂臣救其惡也）以是諫非而怒之下忠也（使君有害賢之名故爲下忠也）不卹君之榮辱不卹國之臧否偷合苟容以之持祿養交而已耳國賊也若周公之於成王也可謂大忠矣若管仲之於桓公可謂次忠矣若子胥之於夫差可謂下忠矣若曹觸龍之於紂者可謂國賊矣（說苑曰桀貴爲天子富有天下其左師觸龍者諂諛不正此云紂未知孰是）仁者必敬人凡人非賢則案不肖也人賢

而不敬則是禽獸也禽獸不知敬賢人不肖而不敬則是狎虎也狎輕侮也言必見害禽獸則亂狎虎則危災及其身矣詩曰不敢暴虎不敢馮河人知其一莫知其它戰戰兢兢如臨深淵如履薄冰此之謂也詩小雅小旻之篇暴虎徒搏馮河徒涉人知其一莫知其它言人皆知暴虎馮河立至於害而不知小人爲害有甚於此也

故仁者必敬人敬人有道賢者則貴而敬之不肖者則畏而敬之賢者則親而敬之不肖者則疏而敬之其敬一也其情二也若夫忠信端慤而不害傷則無接而不然是仁人之質也其敬雖異至於忠信端慤不傷害則凡所接物皆然言嘉善而矜不能不以人之不肖逆詐待之而欲傷害之也質體也忠信以爲質端慤以爲統統綱紀也言以端慤自處而待物者也禮義以爲文用爲文飾倫類以爲理倫人倫類物之種類言推近以知遠以此爲條理也喘而言臑而動而一可以爲法則臑與蝡同喘微言也蠕微動也一皆也言一動一息之閒皆可以爲法則也臑人允反詩曰不僭不賊鮮不爲則此之謂

也詩大雅抑之篇言不僭差賊害則少不爲人法則矣恭敬禮也調和樂也調和不爭競也謹愼利也鬬怒害也故君子安禮樂利謹愼而無鬬怒是以百舉不過也小人反是

通忠之順忠有所雍塞故通之然而終歸於順也權險之平權用危險之事使至於平也或曰權變也既不可扶持則變其危險使治平也禍亂之從聲君雖禍亂之應聲而從也三者非明主莫之能知也闇君不知所以殺害忠賢而身死國亡也

爭然後善戾然後功出死無私致忠而公夫是之謂通忠之順信陵君似之矣諫爭君然後能善違戾君然後立功出身死戰不爲私事而歸於至忠至公信陵君諫魏王請救趙不從遂矯君命破秦而魏國以安故似之

奪然後義殺然後仁上下易位然後貞奪者不義之名殺者不仁之稱上下易位則非貞也而湯武惡桀紂之亂天下而奪之是義也不忍蒼生之涂炭而殺之是仁也雖上下易位而使賢愚當分歸於正道是貞也功參天地澤被生民夫是之謂權險之平湯武是也

過而通情和而無經經常也但和順上意而無常守不卹是非不治曲直偷合苟容迷亂狂生迷亂其君使生狂也夫是之謂禍亂

之從聲飛廉惡來是也傳曰斬而齊枉而順不同而壹此言反經合道如信陵湯武者也所以斬之取其齊也以枉曲之取其順也所以不同取其一也初雖似乖戾然終歸於理者也詩曰受小球大球爲下國綴旒此之謂也詩商頌長發之篇球玉也鄭玄云綴猶結也旒旌旗之垂者言湯既爲天所命則受小玉謂尺二寸圭也受大玉謂珽也長三尺執圭搢珽以與諸侯會同結定其心如旌旗之旒縿著焉引此以明湯武取天下權險之平爲救下國者也

致士篇第十四

明致賢士之義

衡聽顯幽重明退姦進良之術衡平也謂不偏聽也顯幽謂使幽人明顯不雍蔽也重明謂既明又使明也書曰德明惟明能顯幽則重明矣能退姦則良進矣朋

黨比周之譽君子不聽殘賊加累之譖君子不用殘賊謂賊害人加累以罪惡加累誣人也隱忌雍蔽之人君子不近隱亦蔽也忌謂妬賢雍讀曰擁貨財禽犢之請君子不許行賂請謁者也凡流言流說流事流謀流譽流愬不官而衡至者君子愼之流者無根源之謂愬譖也不官謂無主首也衡讀爲横横至横逆而至也聞聽而明譽之君子聞聽流言流說則明白稱譽謂顯露其事不爲隱蔽如此則姦人不敢獻其謀也定其當而當然後士其刑

賞而還與之士當爲事行也言定其當否既當之後乃行其刑賞反與之也謂其言當於善則事之以賞當於惡則事之以刑當丁浪反如是則姦言姦說姦事姦謀姦譽姦愬莫之試也忠言忠說忠事忠謀忠譽忠愬莫不明通方起以尚盡矣明通謂明白通達其意方起並起尚與上同上盡謂盡忠於上也夫是之謂衡聽顯幽重明退姦進良之術川淵深而魚鼈歸之山林茂而禽獸歸之刑政平而百姓歸之禮義備而君子歸之故禮及身而行脩義及

國而政明能以禮挾而貴名白天下願令行禁止王者之事畢矣挾讀爲浹能以禮浹洽者則貴名明白天下皆願從之也詩曰惠此中國以綏四方此之謂也詩大雅民勞之篇中國京師也四方諸夏也引此以明自近及遠也川淵者龍魚之居也山林者鳥獸之居也國家者士民之居也川淵枯則龍魚去之山林險則鳥獸去之國家失政則士民去之無土則人不安居無人則土不守無道法則人不至無君子則

道不舉故土之與人也道之與法也者國家之本作也（本作猶本務也）君子也者道法之摠要也不可少頃曠也得之則治失之則亂得之則安失之則危得之則存失之則亾故有良法而亂者有之矣有君子而亂者自古及今未嘗聞也傳曰治生乎君子亂生乎小人此之謂也

得衆動天（得衆則可以動天言人之所欲天必從之）美意延年（美意樂意也無憂患則延年也）誠信如神（誠信則如神明言物不能欺也）夸誕逐魂（逐魂逐去其精魂猶喪精也矜夸妄誕作偽心勞故喪其精魂此四者皆言善惡之應也）

人主之患不在乎言用賢而在乎誠必用賢夫言用賢者口也却賢者行也（無善行則賢不至也）口行相反而欲賢者之至不肖者之退也不亦難乎夫燿蟬者務在明其火振其樹而巳火不明雖振其樹無益也（南方人照蟬取而食之禮記有蜩范是也）今人主有能明其德則天下歸之若蟬之歸明火也

臨事接民而以義變應寬裕而多容恭敬以先之政之始也多容廣納也然後中和察斷以輔之政之隆也政之崇高在輔以中和察斷斷丁亂反然後進退誅賞之政之終也故一年與之始三年與之終未不教而殺謂之虐故爲政之始寬裕多容三年政成然後進退誅賞也用其終爲始則政令不行而上下怨疾亂所以自作也先賞罰後德化則亂書曰義刑義殺勿庸以即汝惟曰未有順事言先教也書康誥言雖義刑義殺亦勿用即行之當先教後刑也雖先後不失尚謙曰我未有順事故使民犯法躬自厚而薄責於人也

程者物之準也程者度量之揔名也禮者節之準也節謂君臣之差等也程以立數禮以定倫言有程則可以立一二之數有禮則可以定君臣父子之倫也德以叙位能以授官度其德以序上下之位考其能以授所任之官若夔典樂伯夷典禮之比也凡節奏欲陵而生民欲寬節奏謂禮節奏陵峻也侵陵亦嚴峻之義生民謂以德教生養民也言人君自守禮之節奏則欲嚴峻不弛慢養民則欲寬容不迫切之也節奏陵而文生民寬而安節奏雖峻亦有文飾不至於刻急上文下安功名之極也不可以加矣

君者國之隆也父者家之隆也（隆猶尊也）隆一而治二而亂自古及今未有二隆爭重而能長久者

師術有四而博習不與焉（術法也言有四德則可以爲人師師法不在博習也與音豫）尊嚴而憚可以爲師耆艾而信可以爲師（五十曰艾六十曰耆）誦說而不陵不犯可以爲師（誦謂誦經說謂解說謂守其誦說不自陵突觸犯言行其所學）知微而論可以爲師（知精微之理而能講論論盧困切）故師術有四而博習

不與焉水深而回（回流旋也水深不湍峻則多旋流也）樹落則糞本（謂木葉落糞其根也）弟子通利則思師（思其厚於己也）詩曰無言不讎無德不報此之謂也（此言爲善則物必報之也）

賞不欲僭刑不欲濫賞僭則利及小人刑濫則害及君子若不幸而過寧僭無濫與其害善不若利淫

荀子卷第九

荀子卷第十

登仕郎守大理評事楊倞注

議兵篇第十五

臨武君與孫卿子議兵於趙孝成王前

臨武君蓋楚將未知姓名戰國策曰天下合從趙使魏加見楚春申君曰君有將乎春申君曰有矣僕欲將臨武君魏加曰臣少之時好射臣願以射譬可乎春申君曰可魏加曰異日者更羸與王處京臺之下更羸曰臣能爲王引弓虛發而下鳥有閒鳴鴈從東方來更羸以虛發而下之王曰射之精乃至於此乎更羸曰此孽也王曰先生何以知之對曰其飛徐者其創痛也其鳴悲者久失羣也故創痛未息而驚心未去聞弦音烈而高飛故隕也今臨武君嘗爲秦孽不可以爲距秦

之將趙孝成王晉大夫趙夙之後簡子十世孫或曰劉向叙云孫卿至趙與孫臏議兵趙孝成王前臨武君即孫臏也今案史記年表齊宣王二年孫臏爲軍師則敗魏於馬陵至趙孝成王元年已七十餘年年代相遠疑臨武君非此孫臏也

王曰請問兵要臨武君對曰上得天時

若順太歲及孤虛之類也

下得地利

若右背山陵前左水澤之比也

觀敵之變動後之發先之至此用兵之要術也孫卿子曰不然臣所聞古之道凡用兵攻戰之本在乎壹民弓矢不調則羿不能以中微六馬不和則造父不能以致遠士民不親附

則湯武不能以必勝也故善附民者是乃
善用兵者也故兵要在乎善附民而已臨
武君曰不然兵之所貴者埶利也乘埶爭利所
行者變詐也奇計善用兵者感忽悠闇莫知
其所從出感忽悠闇皆謂倏忽之間也感忽恍忽也悠闇遠視不分辨之貌莫知所從出謂若九天之上
九地之下使敵人不測魯連子曰棄感忽之恥累世之功也孫吳用之無敵於天
下豈必待附民哉孫謂吳王闔閭將孫武吳謂魏武侯將吳起也孫卿子
曰不然臣之所道仁人之兵王者之志也帝王之志
意如此也君之所貴權謀埶利也所行攻奪變詐
者諸侯之事也仁人之兵不可詐也彼可詐者怠
慢者也路亶者也路暴露也亶讀爲袒露袒謂上下不相覆蓋新叙作落單君
臣上下之閒滑然有離德者也滑亂也音骨言彼可欺詐
者皆如此之國也故以桀詐桀猶巧拙有幸焉以桀
詐堯譬之若以卵投石以指撓沸撓攪也以指撓沸言
必爛也新序作以指繞沸若赴水火入焉焦没耳故仁人上
下說仁人上下相愛之意百將一心三軍同力臣之於

君也下之於上也若子之事父弟之事兄若手臂之扞頭目而覆胷腹也詐而襲之與先驚而後擊之一也先驚頭目使知之而後擊之豈手臂有不救也且仁人之用十里之國則將有百里之聽聽猶耳目也言遠人自爲其耳目或曰謂間諜者用百里之國則將有千里之聽用千里之國則將有四海之聽必將聰明警戒和傳而一耳目明而警戒相傳以和無有二心也一云傳或爲博博衆也而一如一也言和衆如一也故仁人之兵聚則成卒散則

成列卒卒伍列行列言動皆有備也延則若莫邪之長刃嬰之者斷兊則若莫邪之利鋒當之者潰兊猶聚也與隊同謂聚之使短潰壞散也新序作銳則若莫邪之利鋒也圜居而方正則若盤石然觸之者角摧圜居方正謂不動時也則如大石之不可移動也案角鹿埵隴種東籠而退耳其義未詳蓋皆摧敗披靡之貌或曰鹿埵下之貌如禾實垂下然埵丁果反隴種遺失貌如隴之種物然或曰即鍾也東籠與涷隴同沾溼貌如衣服之沾溼然於新序作隴鍾而退無鹿埵字且夫暴國之君將誰與至哉彼其所與至者必其民也而其民之親

我歡若父母其好我芬若椒蘭彼反顧其上則若灼黥如畏灼黥若仇讎人之情雖桀跖豈又肯爲其所惡賊其所好者哉是猶使人之子孫自賊其父母也彼必將來告之夫又何可詐也不可得詐襲也故仁人用國日明日益明察諸侯先順者安後順者危慮敵之者削反之者亡謀慮與之爲敵者土地必見侵削反謂不服從也詩曰武王載發有虔秉鉞如火烈烈則莫我敢遏此之謂也詩殷頌武王湯也發讀爲旆虔敬遏止也湯建旆與師本由仁義雖用武持鉞而猶以敬爲先故得如火之盛無能止之也

孝成王臨武君曰善請問王者之兵設何道何行而可設謂制置道謂論說教令也行動用也孫卿子曰凡在大王將率末事也臣請遂道王者諸侯强弱存亡之效安危之埶率與帥同所類反道說也效驗也孝成王見荀卿論兵謂王者以兵爲急故遂問用兵之術荀卿欲陳王道因不荅其問故言凡在大王之所務將帥乃其末事耳所急教化也遂廣說湯武五霸及戰國諸侯之事君賢者其國治君不能者其國亂隆禮貴義者其國治

簡禮賤義者其國亂治者强亂者弱是强
弱之本也上足卬則下可用也上不足卬
則下不可用也卬古仰字不仰不足仰也下託上曰仰宜向反能教且化長養之是足仰下
可用則强下不可用則弱是强弱之常也
隆禮效功上也重祿貴節次也上功賤節
下也是强弱之凡也效驗也功戰功也效功謂不使賞僭也重祿重難其祿不使素餐也節忠義也君能隆禮驗功則强上戰功輕忠義則弱大凡如此也好士者强不好士

者弱士賢士也愛民者强不愛民者弱政令信
者强政令不信者弱信謂使下可信民齊者强不齊
者弱齊謂同力賞重者强賞輕者弱重難其賞使必賞有功則
强輕易其賞則弱也刑威者强刑侮者弱刑當罪使人可畏則强不當罪則人
侮慢故弱也械用兵革攻完便利者强攻當爲功功精好加功者也器
械牢固便利於用則强也械用兵革窳楛不便利者弱窳器病也
音庾楛濫惡謂不堅固也重用兵者强輕用兵者弱重難用兵
者强權出一者强權出二者弱政多門則弱也是强弱
之常也齊人隆技擊技材力也齊人以勇力擊斬敵者號爲技擊孟康曰兵家

之技巧技巧者習手足便器械積機關以立攻守之勝 其技也得一首者則賜

贖錙金無本賞矣 八兩曰錙本賞謂有功同受賞也其技擊之術斬得一首則官

賜錙金贖之斬首雖戰敗亦賞不斬首雖勝亦不賞是無本賞也 是事小敵毳則偷

可用也 可偷竊用之也毳讀爲脆史記聶政謂嚴仲子曰屠可以旦夕得甘脆以養親也 事

大敵堅則渙然離耳 易說卦曰渙者離也 若飛鳥然傾

側反覆無日 若飛鳥言無馮而易也無日言傾側反覆之速不得一日也 是亡國

之兵也兵莫弱是矣是其出賃市傭而戰

之幾矣 此與賃市中傭作之人而使之戰相去幾何也 魏氏之武卒以度

取之 武卒選擇武勇之卒號爲武卒度取之謂取其長短村力中度者 衣三屬之

甲 如淳曰上身一髀褌一脛繳一凡三屬也衣於氣反屬之欲反 操十二石之弩

負服矢五十个置戈其上 置戈於身之上謂荷戈也 冠軸

帶劒 軸與冑同漢書作冑帶劒顏師古曰箸兜鍪而又帶劒也 贏三日之糧日

中而趨百里 贏負擔也日中一日之中也 中試則復其戶利

其田宅 復其戶不傜役也利其田宅不征衆也顏師古曰利謂給其便利之處中丁仲反復方目反 是

數年而衰而未可奪也改造則不易周也

此中試者筋力數年而衰亦未可遽奪其優奪其優復使皆怨也改造更選擇也則又如前 是故地

雖大其稅必寡是危國之兵也優復既多則稅寡資用貧乏故危國秦人其生民也陿阸其使民也酷烈生民所生之地陿阸謂秦地險固也酷烈嚴刑罰也地險固則寇不能害嚴刑罰則人皆致死也劫之以埶謂以威埶劫迫之使出戰隱之以阸謂隱蔽以險阸使敵不能害鄭氏曰秦地多阸藏隱其民於阸中忸之以慶賞忸與狃同串習也戰勝則與之賞慶使習以為常忸女九反鰌之以刑罰鰌藉也不勝則以刑罰陵藉之莊子風謂蛇曰鰌我亦勝我音秋或作蹭七六反使天下之民所以要利於上者非鬬無由也阸而用之得而後功之守險阸而用之既得勝乃賞其功所以人自為戰而立功者衆也功賞相長也五甲首而隸五家有功而賞之使相長獲得五甲首則役隸鄉里之五家也是最為衆强長久多地以正故四世有勝非幸也數也為之有根本不邀一時之利故能衆强長久也不復其戶利其田宅故多地也以正言比齊魏之苟且為正言秦亦非天幸有術數然也四世孝公惠王武王昭王也故齊之技擊不可以遇魏氏之武卒魏氏之武卒不可以遇秦之銳士秦之銳士不可以當桓文之節制桓文之節制不可以敵湯武之仁義有遇之者若以焦熬投石焉

以魏遇秦猶以焦熬之物投石也熬五刀反兼是數國者皆干賞蹈利之兵也傭徒鬻賣之道也未有貴上安制綦節之理也干求也言秦魏雖足以相勝皆求賞蹈利之兵與傭徒之人鬻賣其力作無異未有愛貴其上爲之致死安於制度自不踰越極於忠義心不爲非之理者也諸侯有能微妙之以節則作而兼殆之耳微妙精盡也節仁義也作起也殆危也諸侯有能精盡仁義則能起而無危也兼此數國謂擒滅之故招近募選隆埶詐尚功利是漸之也近當爲延傳寫誤耳招延謂引致之也募選謂以財召之而選擇可者此論齊之技擊也隆埶詐謂以威埶變詐爲尚此論秦也尚功利謂有功則利其田宅論魏也漸

進也言漸進而近於法未爲理也或曰漸浸漬也謂其賞罰纔可漸染於外中心未悅服漸子廉反禮義教化是齊之也服其心是齊壹人之術也故以詐遇詐猶有巧拙焉猶齊之技擊不可以當魏之武卒也以詐遇齊辟之猶以錐刀墮大山也辟音譬墮毀也許唯反非天下之愚人莫敢試故王者之兵不試一舉而定不必試也湯武之誅桀紂也拱揖指麾而强暴之國莫不趨使誅其元惡其餘獷悍者皆化而來臣役也誅桀紂若誅獨夫故泰誓曰獨夫紂此之謂也

而不可以王是强弱之效也 湯武王而桓文霸齊魏則代存代亡是其效也 孝成王臨武君曰善請問爲將孫卿子曰知莫大乎棄疑 不用疑謀是智之大 行莫大乎無過事莫大乎無悔事至無悔而止矣成不可必也 不可必謂成功忘其警備莊子曰聖人以必不必故無兵衆人以不必必之故多兵 故制號政令欲嚴以威慶賞刑罰欲必以信處舍收藏欲周以固 處舍營壘也收藏財物也周密牢固則敵不能陵奪矣 徙舉進退欲安以重欲疾以速 靜則安重而不爲輕舉動則疾速而不失機權 窺敵觀變欲潛以深欲伍以參 謂使間諜觀敵欲潛隱深入之也伍參猶錯雜也使間諜或參之或伍之於敵之間而盡知其事韓子曰省同異之言以知朋黨之分偶參伍之驗以責陳言之實又曰參之以比物伍之以合參也 遇敵決戰必道吾所明無道吾所疑 道言也行也 夫是之謂六術 自制號政令已下有六也 無欲將而惡廢無急勝而忘敗無威內而輕外無見其利而不顧其害 强使人出戰而輕敵 凡慮事欲孰而用財欲泰 孰謂精審泰謂不吝賞也 夫是之謂五權 五者爲將之機權也 所以不受命於

主有三可殺而不可使處不完可殺而不可使擊不勝可殺而不可使欺百姓夫是之謂三至至謂一守而不變凡受命於主而行三軍三軍既定百官得序羣物皆正百官軍之百吏得序各當其任則主不能喜敵不能怒不苟徇上意故主不能喜不爲變詐故敵不能怒也夫是之謂至臣爲臣之至當也慮必先事而申之以敬謀慮必在事先重之以敬常戒懼而有備也愼終如始終始如一夫是之謂大吉言必無覆敗之禍也凡百事之成也必在敬之其敗也必在慢之故敬勝怠則吉怠勝敬則滅計勝欲則從欲勝計則凶戰如守不務越逐也書曰不愆于五步六步乃止齊焉行如戰有功如幸不務驕矜敬謀無壙無壙言不敢須臾不敬也壙與曠同敬事無壙敬終無壙敬衆無壙敬敵無壙夫是之謂五無壙愼行此六術五權三至而處之以恭敬無壙夫是之謂天下之將則通於神明矣天下莫及之將臨武君曰善請問王者之軍制孫卿子

曰將死鼓死謂不棄之而奔亡也左傳曰師之耳目在吾旗鼓御死轡百吏死職士大夫死行列聞鼓聲而進聞金聲而退順命爲上有功次之軍之所重在順命故有功次之令不進而進猶令不退而退也其罪惟均令敎令也言使之不進而進猶令不退而退其罪同也不殺老弱不獵禾稼獵與躐同踐也服者不禽格者不舍犇命者不獲服謂不戰而退者不追禽之格謂相拒捍者犇命謂犇走來歸其命者不獲之爲囚俘也犇與奔同凡誅非誅其百姓也誅其亂百姓者也百姓有扞其賊則是亦賊也扞其賊謂爲賊之扞蔽也以故順刃者生蘇

刃者死犇命者貢順刃謂不戰偝之而走者蘇讀爲傃傃向也謂相向格鬬者貢謂取歸命者獻於上將也微子開封於宋紂之庶兄名啓歸周後封於宋此云開者蓋漢景帝諱劉向改之也曹觸龍斷於軍說苑曰桀貴爲天子富有四海其臣有左師觸龍者諂諛不正此云紂臣當是說苑誤又戰國策趙有左師觸龍說大后請長安君質秦豈復與古人同官名乎殷之服民所以養生之者也無異周人故近者歌謳而樂之遠者竭蹶而趨之竭蹶顛仆猶言匍匐也新序作竭走而趨之無幽閒辟陋之國莫不趨使

而安樂之四海之內若一家通達之屬莫不從服夫是之謂人師（師長）詩曰自西自東自南自北無思不服此之謂也（詩大雅文王有聲之篇）王者有誅而無戰城守不攻兵格不擊（德義未加所以敵人不服故不攻擊也且恐傷我之士卒也）上下相喜則慶之（敵人上下相愛悅則慶賀之豈況侵伐乎）不屠城（屠謂毀其城殺其民若屠者然也）不潛軍不留衆（不久留暴露於外也）師不越時（古者行役不踰時也）故亂者樂其政不安其上欲其至也（東征西怨之比）臨武君曰善

陳囂問孫卿子曰先生議兵常以仁義爲本（陳囂荀卿弟子言先生之議常言兵以仁義爲本也）仁者愛人義者循理然則又何以兵爲（愛人則懼其殺傷循理則不欲爭奪焉肯抗兵相加乎）凡所爲有兵者爲爭奪也（非爲愛人循理）孫卿子曰非女所知也彼仁者愛人愛人故惡人之害之也義者循理循理故惡人之亂之也彼兵者所以禁暴除害也非爭奪

也故仁人之兵所存者神所過者化〔所存止之處畏之如神所過往之國無不從化〕若時雨之降莫不說喜是以堯伐驩兜〔伐亦誅也書曰放驩兜于崇山也〕舜伐有苗〔命禹伐之書曰帝曰咨禹惟時有苗不率汝徂征之〕禹伐共工〔書曰流共工于幽州皆堯之事此云禹伐共工未詳也〕湯伐有夏文王伐崇武王伐紂此四帝兩王〔夏殷或稱王或稱帝曲禮曰措之廟立之主曰帝蓋亦論夏殷也至周自貶損全稱王故以文武爲兩王也〕皆以仁義之兵行於天下也故近者親其善遠方慕其德兵不血刃遠邇來服德

盛於此施及四極詩曰淑人君子其儀不忒此之謂也〔謂曹風尸鳩之篇〕

李斯問孫卿子曰〔李斯孫卿弟子後爲秦相〕秦四世有勝兵强海內威行諸侯非以仁義爲之也以便從事而已〔便其所從之事而已謂若劫之以埶隱之以阸狃之以慶賞鰌之以刑罰之比〕孫卿子曰非女所知也女所謂便者不便之便也〔汝以不便人爲便之也〕吾所謂仁義者大便之便也〔吾以大便人爲便也〕彼仁義者所以脩政者也政脩則

民親其上樂其君而輕爲之死故曰凡在於軍將率末事也（荀卿前對趙孝成王有此言語弟子所知故引以荅之也）秦四世有勝諰諰然常恐天下之一合而軋己也（漢書諰作鰓蘇林曰讀如慎而無禮則葸之葸鰓懼貌也先禮反張晏曰軋踐轢也）此所謂末世之兵未有本統也（本統前行素脩）故湯之放桀也非其逐之鳴條之時也武王之誅紂也非以甲子之朝而後勝之也皆前行素脩也此所謂仁義之兵也（前行素脩謂前已行之素已修之行讀如字）今女不求之於本而索之於末此世之所以亂也（本謂仁義末謂變詐世所以亂亦由不求於本而索於末如李斯之說也）

禮者治辨之極也强國之本也威行之道也功名之揔也（辨別也揔要也强國謂强其國也）王公由之所以得天下也不由所以隕社稷也故堅甲利兵不足以爲勝高城深池不足以爲固嚴令繁刑不足以爲威由其道則行不由其道則廢（由用也道即禮也用禮即行不用禮雖堅甲嚴刑皆不足恃也）楚人鮫革犀兕以爲甲鞈

如金石鞈堅貌以鮫魚皮及犀兕爲甲堅如金石之不可入史記作堅如金石鞈古洽反管子曰制重罪入以兵
甲犀脅二戟輕罪入蘭盾鞈革二戟犀兕堅如金石之狀也宛鉅鐵釶慘如蠭
蠆宛地名屬南陽徐廣曰大剛曰鉅釶與鍦同矛也方言云自關而西謂之矛吴揚之閒謂之鍦言宛地出此剛
鐵爲矛慘如蜂蠆言其中人之慘毒也鍦音啻輕利僄遬卒如飄風言楚
人之趫捷也僄亦輕也匹妙反或當爲嫖姚之嫖嫖驍勇也遬與速同然而兵殆於垂
沙唐蔑死殆謂危亡也垂沙地名未詳所在漢地志沛郡有垂鄉豈垂沙乎史記楚懷王二十
八年秦與齊韓魏共攻楚殺楚將唐眛取我重丘而去眛與蔑同莊蹻起楚分而爲
三四司馬貞史記索隱曰莊蹻楚將言其起爲亂後楚遂分爲四韓子曰楚王欲伐越莊子曰臣患目能見百
步而不見其睫王之兵敗於齊晉莊蹻爲盜境内吏不能禁而欲伐越此智之如目也蹻初爲盜後爲楚將是

豈無堅甲利兵也哉其所以統之者非其
道故也汝潁以爲險江漢以爲池限之以
鄧林緣之以方城鄧林北界鄧地之山林緣繞也方城楚北界山名也然而
秦師至而鄢郢舉若振槁然舉謂舉而取之鄢郢楚都振擊
也槁枯葉也謂白起伐楚一戰舉鄢郢也是豈無固塞隘阻也哉其所
以統之者非其道故也紂刳比干囚箕子
爲炮烙刑列女傳曰炮烙謂膏銅柱加之炭上令有罪者行焉輒墮火中紂與妲己大笑烙古責反

殺戮無時，臣下懍然莫必其命（懍然悚慄之貌莫自謂必全其命也）然而周師至而令不行乎下，不能用其民，是豈令不嚴、刑不繁也哉？其所以統之者非其道故也。古之兵，戈矛弓矢而已矣，然而敵國不待試而詘（試用也詘服也），城郭不辨（辨治也或音辨），溝池不拑（拑古掘字史記作城郭不集溝池不掘文子曰無伐樹木無鉗墳墓鉗亦音掘或曰拑當爲拒篆文拒字與拑字相近遂誤耳），固塞不樹，機變不張（固塞謂使邊境險固若今之邊城也樹立也塞先代反機變謂器械變動攻敵也），然而國晏然不畏外而明內者，無它故焉（內當爲固史記作晏然不畏外而固也），明道而分鈞之，時使而誠愛之，下之和上也如影響（和胡臥反），有不由令者，然后誅之以刑。故刑一人而天下服，罪人不郵其上，知罪之在己也。是故刑罰省而威流（郵怨也流行也言通流也），無它故焉，由其道故也。古者帝堯之治天下也，蓋殺一人、刑二人而天下治（殺一人謂殛鯀于羽山刑二人謂流共工于幽州放驩兜于崇山）。傳曰：威厲而不試，刑錯而不用此之謂也（厲謂抗舉使人畏之）凡人之動也爲賞慶爲之則見害傷焉止矣故賞慶刑罰埶詐不足以盡人之力致人之死爲人主上者也其所以接下之百姓者無禮義忠信焉慮率用賞慶刑罰埶詐除阸其下獲其功用而已矣（焉慮無慮猶言大凡也除謂驅逐阸謂迫蹙若秦劫之以埶隱之以阸狃之以慶賞之類阸或爲險也）大寇則至使之持危城則必畔遇敵處戰則必北（北敗走也北者乖背之名故以敗走爲北也）

勞苦煩辱則必犇（犇與奔同）霍焉離耳下反制其上（霍焉猶渙焉也離散之後則上下易位若秦項然）故賞慶刑罰埶詐之爲道者傭徒粥賣之道也不足以合大衆美國家故古之人羞而不道也故厚德音以先之明禮義以道之致忠信以愛之尚賢使能以次之爵服慶賞以申之時其事輕其任（事作業任力役）以調齊之長養之如保赤子政令以定風俗以一有離俗不

順其上則百姓莫不敦惡莫不毒孽若祓
不祥敦厚也毒害也孽謂妖孽祓除之也然後刑於是起矣是大
刑之所加也辱孰大焉將以為利耶則大
刑加焉身苟不狂惑戇陋誰睹是而不改
也哉然後百姓曉然皆知脩上之法像上
之志而安樂之於是有能化善脩身正行
積禮義尊道德於是像之中更有能自脩德者也百姓莫不貴
敬莫不親譽然後賞於是起矣是高爵豐
祿之所加也榮孰大焉將以為害耶則高
爵豐祿以持養之持此以養之也生民之屬孰不願
也雕雕焉縣貴爵重賞於其前雕雕章明之貌縣
明刑大辱於其後雖欲無化能乎哉故民
歸之如流水所存者神所為者化存至也言所至之處
畏之如神凡所施為民皆從化也而順暴悍勇力之屬為之化
而愿順從也謂好從暴悍勇力之人皆化而愿愨也旁辟曲私之屬為
之化而公旁偏頗也辟讀為僻矜糺收繚之屬為之化而

調（矜謂夸汏紀謂好發摘人過者也收謂掠美者也繚謂繚繞言委曲也四者皆鄙陋之人今被化則調和也）夫是之謂大化至一（大化者皆化也至一極一也）詩曰王猶允塞徐方既來此之謂也

凡兼人者有三術有以德兼人者有以力兼人者有以富兼人者彼貴我名聲美我德行欲爲我民故辟門除涂以迎吾入（辟與闢同開也除涂治其道涂也）因其民襲其處而百姓皆安（因其民之愛悅襲取其處皆安言不驚擾也）立法施令莫不順比（比親附也施令則民親比之）

是故得地而權彌重兼人而兵俞强是以德兼人者也（俞讀爲愈下同）非貴我名聲也非美我德行也彼畏我威劫我埶（爲我埶所劫也）故民雖有離心不敢有畔慮若是則戎甲俞衆奉養必費（奉養戎甲必煩費也）是故得地而權彌輕兼人而兵俞弱是以力兼人者也非貴我名聲也非美我德行也用貧求富用飢求飽虛腹張口來歸我食若是則必發夫掌窌之粟

以食之地藏曰窌掌窌主倉廩之官窌音匹孝反委之財貨以富之立良有司以接之立溫良之有司以慰接之懼其畔去也已朞三年然後民可信也已過也過一朞之後至於三年然後新歸之民可信本非慕化故也是故得地而權彌輕兼人而國俞貧是以富兼人者也故曰以德兼人者王以力兼人者弱以富兼人者貧古今一也兼并易能也唯堅凝之難焉凝定也堅固定有地爲難齊能并宋而不能凝也故魏奪之燕能并齊而不能凝也故田

單奪之韓之上地方數百里完全富足而趨趙趙不能凝也故秦奪之上地上黨之地完全言城邑也富足言府庫也趨歸也七朱反史記秦攻上黨韓不能救其守馮亭以上黨降趙趙使馬服子將兵拒秦秦使白起大破馬服於長平阬四十餘萬而奪其地殺戮蕩盡故能并之而不能凝則必奪不能并之又不能凝其有則必亡能凝之則必能并之矣得之則凝兼并無强得其地則能定之則無有强而不可兼并者也古者湯以薄武王以滈薄與亳同滈與鎬同皆百里之地也天下爲一諸侯爲臣無

它故焉能凝之也故凝士以禮凝民以政禮脩而士服政平而民安士服民安夫是之謂大凝以守則固以征則強令行禁止王者之事畢矣

荀子卷第十